Anonymous

Romulus und Hersilia

Ein Singspiel von drey Abhandlungen aufgeführt zu Inspruck im Jahr 1765

Anonymous

Romulus und Hersilia

Ein Singspiel von drey Abhandlungen aufgeführt zu Inspruck im Jahr 1765

ISBN/EAN: 9783743435384

Hergestellt in Europa, USA, Kanada, Australien, Japan

Cover: Foto ©Andreas Hilbeck / pixelio.de

Weitere Bücher finden Sie auf **www.hansebooks.com**

Romulus und Hersilia

in Siengspiel von drey Abhandlungen
aufgeführt zu Inspruck
bey Gelegenheit
der daselbst feyerlich begangenen Vermählung

Ihrer Königl. Hoheiten

)es Durchläuchtigsten Erzherzogen

Leopolds

mit der Durchläuchtigsten Infantin

D. Maria Louisa

von Bourbon,

in Beyseyn beeder glorwürdigst regierenden

Majestäten.

im Jahr 1765.

von Jacob Anton edlen von Ghelen
in das Teutsche übertragen

Wien in Oesterreich,
gedruckt mit von Ghelischen Schriften.

Vorbericht.

Der so ausserordentlich = als allenthalben glückliche Heldenmut der kriegerischen Jugend, so sich versammlete, um das aufkeimende Rom empor zu schwingen, hatte in kurzem die Eiferfucht der benachbarten nicht weniger tapferen Völker, so sich insgemein Sabiner nannten, rege gemacht. Es stunde aber nicht lange an, als die Römer beobachteten, daß der glorreich = und herrliche Anfang ihres Reichs nach dem Verlauf eines gemeinen Menschenalters gantz gewiß in Verfall gerathen würde, wenn es ihnen binnen dieser Zeit nicht gelänge, dem Mangel der eigenen Weiber mit Herbeyschaffung Fremder zu steuren, den Groll der benachbarten Völker mit der Vermischung ihres Bluts zu dämpfen, und solchergestalten ihre grosse Hofnungen durch eine zahlreiche Nachkommenschaft auf festere Grundsäulen zu bauen. Sie warben zu dem Ende eifrig bey denen Sabinern um ihre Töchter, wurden aber von jenen abermahl trotzig abgewiesen; bis sie endlich über die

Hart=

Hartnäckigkeit ihrer Nachbahren aufgebracht, von der Forcht gänzlich zu Grunde zu gehen, angeeifert, und von dem Beyspiel der Griechen aufgemuntert, das mit Gewalt zu erzwingen beschloſſen, was man ihren wiederholten Anwerbungen abgeschlagen, und bey denen jährlich gewöhnlichen Spielen, die man dem Neptunus zu Ehren feyerlich in Rom begienge, unternahmen sie auch würklich den seit so vielen Jahrhunderten her so sehr berüchtigten Raub der Sabiniſchen Jungfrauen.

Romulus, der sich vergebens bemühet haben würde dem gewaltigen Trieb eines noch nicht ganz geſitteten, aufgebrachten, und kriegeriſchen Volks engere Schranken zu ſetzen, wuſte doch auch bey Zulaſſung dieſer Gewaltthätigkeit seine Königliche Tugenden gelten zu machen. Er übergabe die geraubte Jungfrauen der Auſſicht ehrbahrer Frauen, und sorgte so lange für selbe, bis sie von denen großmüthigen Benehmungen, liebreichen Vorſtellungen Erforchtsvollen Umgang, und denen erhabenen

Ver=

Verdiensten der ihnen zu Bräutigams angebottenen Jünglingen, von selbsten in die zugemuthete Verbindungen einwilligten, welche auch sodann auf Befehl des erwähnten Romulus nach der Vorschrift ihrer heiligen Gesätze, mit so vieler Pracht, als nur die damahls noch herrschende Unvermögenheit der Römer geschehen lassen konnte, feyerlich vollzogen wurden.

Unter diesen geraubten Jungfrauen befande sich eine gewisse Hersilia, eine Tochter des Curtius, Fürstens der Antemnater, welche wegen ihrer erhabenen Geburt, grossen Tugenden, und besonderer Schönheit, alle übrige weit übertraffe, folglich auch dem, die Macht ihres Reitzes bereits empfindenden Romulus von allen insgemein zur Braut bestimmet ware; diese aber hartnäckig auf der bey denen Sabinerinnen gewöhnlichen Unempfindlichkeit beharrend, thate ihrer Neigung zu den jungen Helden selbst Gewalt an, wuste dem verführerischen Beyspiel ihrer überwundenen

nen

nen Gespielinnen standhaft zu widerstehen, und da
sie mit einem seltsam = und erspieglenden Gehorsam
ihre Leidenschaft, dem vätterlichen Willen aufopfer=
te, weigerte sie sich beständig ohne ausdrücklichem
Befehl ihres Vatters in die Verbindung mit dem
doch geliebten Romulus einzuwilligen.

Die unbeugsame Abneigung des Curtius, der
strenge Gehorsam Hersiliens, die Macht, und man=
nigfaltige Unterbauungen des Centnaterfürstens Ac=
rons, eines geschwornen Feindes, und verzweifel=
ten Nebenbuhlers des eröfterten Romulus, alles
dieses scheinet diesem letztern unübersteigliche Hin=
dernüsse in dem Weeg zu legen; Endlich aber trium=
phiret Roms so groß = als glücklicher Stifter über
alle, und gelanget unversehens zu der gewünschten
Verbindung mit seiner geliebten Hersilia, wel=
ches eigentlich der Hauptstof gegenwärtigen Sieg=
spiels ist.

Die

Die Handlung wird vorgestellet in denen noch engen Mauren des kaum angehenden Roms.

Die Musik ist von dem Herrn Johann Adolph Hasse, Capelmeistern des Churfächsischen Hofes.

Die Erfindungen, und Mahlereyen der Schaubühne sind von denen Herren Gebrüderen Galliari, aus Piemont gebürtig.

Personen.

Romulus. König der Römer, und Stifter ihrer Hauptstadt.
Herr Cajetan Guadagni.

Herſilia. Eine fürnehme Sabiniſche Prinzeßin, und Geliebte des Romulus.
Frau Anna de Amicis.

Valeria. Eine adeliche Römiſche Dame, verſprochene Braut des Acrons, von welchem ſie aber verſchmähet wird.
Frau Thereſia Dupré, gebohrne Sartori.

Hoſtilius. Ein Römiſcher Patritius, Freund des Romulus, und großmüthiger Liebhaber der Valeria.
Herr Lucas Fabbris.

Curtius. Fürſt der Antemnater, und Vatter der Herſilia.
Herr Dominicus Panzacchi.

Acron. Fürſt der Ceninater, unverſöhnlicher Feind des Romulus, und verſchmähter Liebhaber Herſiliens.
Herr Porfirius Pacchierotti.

Chor von Römiſchen Volk.

Erſte

Erste Abhandlung. Erster Auftritt.

Ein grosser Platz der Stadt Rom, welchen verschiedene sowohl öffentliche als bürgerliche, theils noch nicht ausgebaute, theils aber von dazwischen hervorragenden Bäumen verdeckte Gebäude umzingeln; In der Mitte stehet das ebenfalls noch ganz verwilderte, und unverfertigte Capitolium, auf dessen Gipfel ein brennender Opfertisch unter der berühmten Eiche des Jupiters sich befindet, wovon auf beyden Seiten eine breite Treppe bis in die Ebene herab reichet. Der Opfertisch, die Eiche, der Berg, die Bäume, und alle auf besagtem grossen Platz sich zeigende Gebäude sind mit artig verflochtenen Blumencränzen prächtig ausgezieret, um das Hochzeitsfest der Römischen Jünglinge mit denen Sabinischen Jungfrauen zu verherrlichen.

Die Ebene der Schaubühne ist ganz mit Kriegern, Rahtsbedienten, und zusehendem Volke angefüllet, und inzwischen als bey dem Schall festlicher Instrumente, so nachstehenden Chor anstimmen, die neuvermählte von dem Hügel erwähnte Treppen herabsteigen, und in der Ebene einen feyerlichen Tanz anfangen, erscheinet Romulus mit Hersilien von einer, und Hostilius mit Valerien von der andern Seite, folgen mit langsamen Schritten dem hochzeitlichen Zug, und niemand bleibet bey dem Altar des Jupiters auf dem Gipfel zurück, als eine zahlreiche Menge Göttenpriester.

Chor.

Ihr Götter! schöner Flammen Freunde,
Und Hymeneens Schutz und Schild,
Steigt aus der seligen Gemeinde
Olympens heute sanft und mild

A   Be

Bewegt durch unsre Jubellieder
Auf unser Capitol hernieder.

Theil des Chors.

O Kriegsgott! Schutz der Uberwinder
Geuß dieser Eltern Heldenmut
Auch in das jugendliche Blut
Der einst daraus erzeugten Kinder.

Der ganze Chor.

Erhöret Götter unsre Lieder
Komt sanft, und milb zu uns hernieder.

Theil des Chors.

O Göttin! die du selbst die Säfte
Des matten Alters oft verjüngst,
Und das entkräftende Geschäfte
Der zügellosen Zeit bezwingst,
Beseele heute jedes Herze
Mit heiß- und treuen Liebesschmerze.

Der ganze Chor.

Erhöret Götter unsre Lieder,
Komt sanft, und milb zu uns hernieder.

Theil des Chors.

Die Lieb erzeug erhabne Sprossen,
Und von dem günstigen Geschick
Werd allgemeine Ruh und Glück
Auf unsern Staat dadurch ergossen.

Der ganze Chor.

Ihr Götter schöner Flammen Freunde
Und Hymeneens Schutz, und Schild

Steigt

Steigt aus der seligen Gemeinde
Olympens, heute sanft und mild,
Bewegt durch unsre Jubellieder
Auf unser Capitol hernieder.

Romulus.

Endlichen ihr schöne angebettete Uberwinderinnen eu=
rer Sieger, endlich seyd ihr Bräute, endlich seyd ihr uns
zu Theil geworden. Ach! da euch nun schon der Himmel
selbst zu unseren theuresten Hofnungen eines aufkeimenden
Reiches gemacht, säumet, ach! säumet nicht länger eure
sanfte Herzen gegen die unsrigen zu vertauschen. Nicht
Haß, nicht Rache, nicht jugendliche Hitze hat den Römi=
schen Heldenmut zur Eroberung eurer Persohnen angefri=
schet, das Würgen wurde verabscheuet, weil man der Feind=
seligkeit durch die Bande der Blutsverwandtschaft ein En=
de machen wollte. Ihr wisset, daß ihr in einer reinen
Freystätte aufgenommen, in Gesellschaft ehrwürdiger Frauen,
und unter dem Schutz der Götter nun endlich durch unsere
Ehrforcht überwunden, freywillig das heilige Gepränge
vollendet habet; verachtet also nicht diese erste Demut eines
kriegerischen Volkes. Der Himmel hat der Tugend keine
Schränken gesetzet. Dieses, obwohlen heut zu Tage noch
ganz verwildert= und unbekannte Capitolium, wer weiß,
was für einen herrlich=was für einen ehrwürdigen Nahmen
selbem die Zukunft vorbehalten hat. Grosse Hofnungen
schwellen meinen Busen, nehmet Theil daran ihr nun schon
würkliche Römerinnen, und unterstützet so grosse Wünsche
mit ernster Erwegung unserer jetzigen Liebe, und künftiger
Trophäen.

Wäh=

Während der Wiederholung nachstehenden Chors entfernen
si.h tanzend die Brautleute.

Chor.

Ihr Götter! schöner Flammen Freunde,
Und Hymeneens Schutz und Schild
Steigt aus der seligen Gemeinde
Olympens, heute sanft und mild,
Bewegt durch unsre Jubellieder,
Auf unser Capitol hernieder.

Zweyter Auftritt.

Romulus, Hersilia, Valeria, und Hostilius.

Romulus zu Hersilien.

Anbettenswürdige Hersilia! soll ich also noch immer aus so
vielen Glückseligen der einzige über ein unentschiedenes
Schicksal zu klagen haben?

Herf. (O Götter!)

Hostilius zu Valerien.

Soll das Beyspiel des jetzo kaum überwundenen Stol-
zes der Sabinerinnen nicht vermögend seyn, das Herz einer
Römerin für mich zu erweichen?

Val. (O Liebe!)

Rom. Rede wenigstens Prinzeßin.

Herf. Als eine Zuseherin, nicht aber als eine Braut hast du
mich zu dem heiligen Gepränge geladen; wobey ich auch
erschienen bin, nun was kann ich dir noch ferner sagen?
dir ist die Pflicht, nach welcher ich meine Handlungen
beschränke, nicht unbekant, und du weißt, daß ich eine
Sabinerin, daß ich eine Tochter bin.

Rom. Ich weiß, daß ich mich umsonst um deine Hand be=
strebe, woferne selbe nicht von deinem grossen Erzeiger
mir zuerkant wird, und bewundere, und verehre zugleich
solch einem preyßwürdigen kindlichen Gehorsam. Ich
habe ungeachtet der ersten abschlägigen Antwort mein
Begehren an ihn erneueret, und während als ich mit
pochendem Herze den Ausgang dieses Geschäftes erwar=
te, so tröste, ach! tröste wenigstens meine bebende See=
le; sage mir indessen, wie ist dein Herz gegen mich gesin=
net? sage mir, ob du mich liebest, ob die ungekünstelte
Regungen eines treuen Liebhabers = = =

Herſ. Romulus, ach! schweige, und verdunkle nicht so sehr
das Verdienst deines großmütigen Verfahrens.

Rom. Was hab ich dann verbrochen?

Herſ. Die Sabinerinnen sind nicht gewohnt so freye Redens=
arten anzuhören, und bey uns darf sich niemand erküh=
nen solche = eine Sprache zu führen, es seye dann vor
dem Traualtar.

Rom. Ach! wie bezaubernd ist nicht eine mit Tugend ge=
schmückte Schönheit. Freund, komme meiner Ungedüld
zu Hülfe, gehe, erkundige dich, schicke Botten aus, und
sehe, ob der mit Schmerzen erwartete Gesandte bereits
zurücke kömmt. Jeder Augenblick scheint mir ein Jahr=
hundert zu seyn.

Hoſt. Das Römische Volk, das seinen König als Bräuti=
gam auf dem Throne will glänzen sehen, ist nicht we=
niger als du ungedulbig über einen so langen Verzug;
Ja es fehlet nicht viel, daß es nicht offenbahr verlanget,
du sollest deine Neigung auf einen minder hartnäckigen
Gegenstand werfen. A 3 **Rom.**

Rom. Einen anderen Gegenstand, als Hersilien? ach! nimmermehr soll man dieses von mir hoffen.

Sie ist der schöne Zauberfunken,
Der mir das Herz in Brand gesteckt,
Und folgbahr soll auch sie allein
Die Nahrung jener Flammen seyn,
Die mir ihr sanfter Blick erregt.

* * * *

Nein, eine schönere Gestalt,
Wo noch mehr Reitz, und Anmut strahlt
Ist von der Götterhand noch nicht
In die Natur herab gesunken,
Und diese Schönheit ist an ihr
Doch noch die allerkleinste Zier,
(Geht mit Host. ab.)

Dritter Auftritt.

Hersilia, und Valeria.

Val. Hersilia! ist es möglich, daß dir dieser Held keiner Gegenliebe würdig scheinen solle? siehe, da er die Gewaltthat seines kriegerischen Volks nicht verhindern konnte, siehe wenigstens, wie er sich bestrebet, die angethane Unbild wieder auszugleichen.

Herf. Ich sehe es.

Val. Und dennoch saget dir dein Herz nichts zu seinen Vortheil?

Herf. Ich bewundere ihn.

Val. Ich verlange zu wissen, ob dein Herz ihn hasset, oder liebet.   Herf.

Herſ. Freundin, ich kenne mich ſelbſt nicht mehr. Tauſend bisher mir noch unbekante Regungen durchwühlen meinen Buſen; Sein Antlitz, ſeine Worte hat mir Romulus tief in die Seele gepräget, ja es ſcheinet mir, daß er der gröſte, der gerechteſte, der würdigſte der Sterblichen iſt; Aber wie! ſollte Herſilia dem vätterlichen Verbott, und der ſcharfen Zucht der Sabiner zuwider ihre ihre Sprödigkeit auf die Seite ſetzen? nein, das ſoll nimmermehr geſchehen.

Du ſucheſt mich zwar zu erſchleichen
Du ſchwächrer Seelen ſchwacher Gott,
Doch ſollſt du nie den Zweck erreichen,
Für mich biſt du ſo viel als todt.
Umſonſt bereitſt du Band und Stricke
Für mein ſo frey als kaltes Herz,
Ich trotze ſtandhaft deiner Tücke,
Und treib mit deiner Macht nur Scherz.

(Gehet ab.)

Vierter Auftritt.

Valeria hernach Acron.

Val. Sie brennet ohne es zu wiſſen, aber erhebene Flammen lodern in der weiſen Herſilia; und ich unglückſelige bette einen Meyneidigen, einen Undankbahren an. Tauſend untrügliche Proben haben mich bereits überführet, daß mich Acron hintergehet, und doch ⸴ ⸴ ⸴ Sterne! was ſehe ich! er kommet, der falſche!

Acr. (O unglückſelige Zuſammenkunft!)

Val.

Val. Wohin, Unsinniger, eben zur Zeit, da alles, was nur den Nahme eines Sabiners trägt, dem stolzen Rom den Untergang geschworen? und du, als ein solcher, erkühnest dich unter frember Hülfe deine Schritte bis hieher zu wagen?

Acr. Ich scheue keine Gefahr, um dich schönste sehen zu können.

Val. Ha! Betrüger. Ich weiß, daß du die mir geschworne Treue nicht mehr achtest, daß du allein für Hersilien nunmehro brennest.

Acr. Ich?

Val. Ja: glaubest du dann, dein fruchtloses Bestreben, die abschlägige Antwort ihres Vatters, deine Verzweiflung darob, dieses alles seye mir noch unbekant?

Acr. Du thust mir unrecht: Ich ruffe den ganzen Himmel zum Zeugen = = =

Val. Ach! schweige; Ich will nicht über deine falsche Schwüre erröhten. Gehe, und wenn du meiner nicht mehr achtest, so trage wenigstens Sorge für dich selbst, ja wenn du gleich mich verachtest, so lasse dir doch meinen Raht gefallen, und mache mich nicht zittern ob der dir drohenden Gefahr.

Acr. Wie? du siehest mich in Gefahr, und bebest für mich, da du mich doch für einen Verrähter hältst?

Valeria.

Du bist ein Verrähter,
Und dennoch, o Götter!
Hält mir das ergrimmte Geschick.
Dein Bild in dem Herze

Zur

Zur Mehrung der Schmerze
Zur grösseren Qual noch zurück.

* * * *

So arg hat der Himmel mein Unglück gefügt,
Daß ich zwar den Meyneid verfluche und hasse,
Und doch noch aus Lieb fast für jenen erblasse,
Der mich so barbarisch veracht, und betrügt.

(Gehet ab.)

Fünfter Auftritt.

Acron, hernach Curtius.

Acr. Diese unvermuthete Zusammenkunft ist für mein Unternehmen eine üble Vorbedeutung; doch, man lasse den Mut nicht sinken; Rom werde zu einen Steinhauffen gemacht, ich allein mit meinen streitfertigen Ceninatern, ich allein werde die zaubernde Rache der Sabiner beschleunigen; jedoch vor allen wird nöthig seyn, sich der spröden Hersilia zu versichern, dann solch = eine grosse Geisselin würde mich in dem grösten Eifer meiner Wut zittern machen. Ich habe bereits einen Vertrauten, der mich zu ihr führen solle, und kann ihn nicht finden. Man suche ihn anderswo ⸗ ⸗ ⸗ (a) Curtius!

Cur. Acron!
Acr. Bist du es?
Cur. Betrüg ich mich nicht?
Acr. Der Antemnater = Fürst in Rom?
Cur. Der Prinz der Ceninater in diesen Mauren?

B   Acr.

(a) Curtius und Acron begegnen einander, und betrachten sich eine Zeit lang unbeweglich.

Acr. Ermüdet über eure zauberende Rache, hab ich enblich
der Meinigen den Zügel geschossen, ich allein werde die
verletzte Ehre aller Sabiner rächen, und Rom muß heute noch verheeret seyn, zu dem Ende ware aber vorhero
nöhtig die schwächste, und am wenigsten vertheidigte
Seite der Stadt auszuspähen, und niemanden ausser
mir wollte ich dieses Geschäfte anvertrauen. Freund,
ach! wenn dich ein gleich edler Eifer beseelet, so vereini-
ge deine Kräfte mit denen meinigen; vergesse den zwischen uns seit vielen Jahren herrschenden Groll, auch
ich will die Schmach, daß du mir Hersilien abgeschlagen,
aus meinem Gedächtnüsse verbannen. Die Ehre seye
dermahlen allein unser Augenmerk, und so lange der
Ruf unserer gerechten Rache über den erlittenen Schimpf
nicht in denen Ohren aller Sterblichen erschollen, so lange wollen wir unserer häußlichen Zwistigkeiten nicht ge-
denken.

Cur. Weist du aber auch, was uns heute noch für eine neue
Unbild bevorstehet? heute sollen die feyerlichen Vermäh-
lungen der Römer mit unseren Sabinerinnen vorgenommen werden, so viel haben wir vor kurzem von sicherer
Hand erfahren, und diese allenthalben zu sehende festliche Anstalten zeigen genugsam von der Wahrheit dieses
Gerüchts; Nur die Vorstellung dieses für uns so schimpf-
lichen Verfahrens ist mir schon unerträglich, und ich eilte, ohne noch zu wissen wie, oder auf was Art, meine
Tochter aus denen Klauen der Römer zu befreyen.

Acr. Freund, du kommest viel zu spät.

Cur. Wie?

Acr.

Acr. Das feyerliche Hochzeitsgepränge ist bereits vor sich gegangen.

Cur. O Himmel! sollte Hersilia auch ⸗ ⸗ ⸗ Nein; Ich kenne sie zu wohl; ihre Gewohnheit, und die vätterlichen Befehle sind ihr zu heilig, als daß sie denenselben nicht pünctlich nachleben sollte.

Acr. Und doch ist sie dermahlen eine Braut.

Cur. Wer kan das sagen? woher hast du diese Nachricht?

Acr. Ich selbst habe vor wenig Augenblicken unter einem Geschwirre von Pövel den festlichen Zug der Hochzeiterinnen gesehen.

Cur. Und Hersilia ⸗ ⸗ ⸗

Acr. Ware auch unter denen für die stolze Römmische Jugend bestimmten Bräuten begriffen.

Cur. O herber Streich! (wirft sich entrüstet, und tiefsinnig auf einen Sitz.)

Acr. Herr, warum verlierst du so viel Zeit? zur Hülfe ist es bereits zu spät, folglich muß die Rache so geschwind als möglich vorgenommen werden. Eile, trachte deine streitbahre Schaaren zusammen zu raffen, und verschwöre dich mit mir zum Untergang des verhaßten Roms.

Cur. (Hersilia! meine Tochter! eine Sabinerinn!)

Acr. (Er höret mich nicht an. Ha! diese unselige Wut könnte grosse Unordnungen verursachen, und der bereits ausgesonnenen Entführung seiner Tochter unübersteigliche Hindernüsse gebähren. Es ist nohtwendig, daß man trachte dem Ausbruch seiner Rache vorzubeugen) Nun wohl Curtius kann ich erfahren ⸗ ⸗ ⸗

Cur. Lasse mich allein.

B 2   Acr.

Acr. Du wilſt es, wohl, ich verlaſſe dich, (und eile mein
Vorhaben zu bewerkſtelligen.)   (Gehet ab.)

Sechſter Auftritt.

Curtius allein.

Und freywillig iſt Herſilia zur Römerin geworden! Ach!
unter allen meinen ausgeſtandenen Unglücksfällen bin
ich doch noch bishero von ſolch = einem Schmerze verſchonet
geblieben. Meyneidige! treuloſe! umſonſt hoffeſt du deiner
Straffe zu entgehen. Auf dem ganzen Rund der Erde ſollſt
du keine Freyſtadt vor meiner Rache finden. Nirgends ſolleſt du vor der mich durchlüenden Wut ſicher ſeyn, ja weder
an der Seite deines Bräutigams, noch ſelbſt in den Armen
des Jupiters.

Schweiget, und fliehet ihr zärtlichen Triebe,
Räumt euren jeher gewöhnlichen Sitz,
Saget mir nichts von der heftigen Liebe,
Die ſonſt mein Vatterherz ſchwächet, anitzt,
Dann bey ſo arg = und gewaltigen Schmerze,
        Der mir das Herze
Ganz unterdrücket, gedenket mein Sinn
Nicht mehr, daß ich ein Erzeiger noch bin.
                              (Gehet ab.)

Siebender Auftritt.

Wohnzimmer für Herſilien in der Burg auf dem Berg Palatinus.

Herſilia, und Hoſtilius.

Hoſt. Erkenneſt du aber auch alle die Verdienſte, womit Romulus glänzet?

Herſ. Alle.

                                        Hoſt.

Host. Und du liebeſt ihn nicht?

Herſ. Nein. Bey denen Sabinerinnen iſt die Liebe ein Sohn des Gehorſams.

Host. Alſo bleibt uns keine Hofnung mehr übrig, als ein Befehl von deinem Erzeuger?

Herſ. Und dieſe Hofnung wird fruchtlos ſeyn, dann ich kenne meinen Vatter.

Host. Wenn nun dein Vatter widerſinnig, du aber unerbittlich biſt, ach! ſo beſtrebe dich wenigſtens unſere Ruhe zu befördern.

Herſ. Ich? wie ſoll das möglich ſeyn?

Host. Das Volk ſeufzet um die Vermählung ſeines Königs, und ſein Verlangen iſt bereits bis zur Empörung angewachſen, folgbahr, weil ſchon das Schickſal dich uns mißgönnet, wird es billig ſeyn, daß Romulus auf dein Einrathen eine andere Braut erkieſe.

Herſ. Auf mein Einrathen?

Host. Ach ja.

Herſ. Was hab ich wohl für ein Recht = = =

Host. Das, ſo dir die Liebe über ihn eingeräumet hat. Wenn du dir nicht ſo viel Gewalt zutraueſt, wer ſollte noch hoffen können ſein Herze zu beugen.

Herſ. Ich ſolle Roms Schickſal entſcheiden? ich, ſelbſt eine Fremde ſoll euch eine Königin erwählen?

Host. Ja, und dieſe iſt zwar nicht weit von dir entfernet.

Herſ. Wen?

Host. Valerien.

Herſ. Valerien?

Host. Wenigſtens würde unſer Thron durch die erhabene

Va-

Valeria nicht beflecket werden; da ihn doch Hersilia nicht verherrlichen will.

Herf. Wohl, wenn du glaubest, daß mein Raht auf den Romulus würken könne ⸗ ⸗ ⸗ aber, Hostilius, dieses sind ausschweiffende Entwürfe ⸗ ⸗ ⸗ Valeria ist nicht mehr Meisterin ihres Herzens.

Host. Das ist mir bekannt. Sie brennet zu ihren Unglück für den undankbaren Acron : und eben derowegen würde es ein schönes Beyspiel wahrer Freundschaft seyn, wenn du dich bestrebtest diese, ihrer so unwürdige Bande zu zerreissen.

Herf. Ja ⸗ ⸗ ⸗ aber ⸗ ⸗ ⸗

Host. Eben zu gelegener Zeit sehe ich den Romulus zu dir kommen.

Herf. Romulus!

Host. Ja, nunmehro ist es Zeit meinen Entwurf zu unterstützen, trachte ⸗ ⸗ ⸗

Herf. Du willst, daß ich mit dir wahnwitzig werde. Wer sollte dich verstehen können? bis nunzu seufztest du in denen Banden, womit Valeriens Reitz dich fesselte, und nun willst du, daß ich sie anderen Händen als Braut überliefern solle; fürwahr, entweder hast du mich vormahls getäuschet, oder du hintergehest mich jetzo.

Host. Ach! ich hintergehe dich nicht, und hab es auch vormahls nicht gethan. Mehr als mich selbst liebe ich sie, und eben derowegen ist ihre Ehre, ihre Glory, ihre Ruhe, mein einziges, mein wichtigstes Augenmerk.

Ganz unrecht macht sich der den Ruhm
Der ächten Lieb zum Eigenthum,

Der

Der sein geliebtes Leben
Nur liebt, um seiner Sinnlichkeit
Der sanften Wolluſt Süßigkeit
Nach eignen Wunſch zu geben.

* * * *

Der jenige muß in der Bruſt
Ein ſchlechtes Herz begraben haben,
Der die, ſo er doch bettet an,
Nach Willkuhr glücklich machen kann,
Und ſich mit ſolcher edlen Luſt
Erhabner Seelen nicht will laben. (Gehet ab.)

Achter Auftritt.

Herſilia, hernach Curtius.

Herſ. Alſo ſollte ich die Wünſche eines großmüthigen Lieb=
habers = = = jedoch dieſer Zufall iſt allerdings eini=
ger Betrachtung würdig. Ich ſolle zurathen! eine Gna=
de begehren; eine Braut vorſchlagen! mein Herz wi=
derſtrebet mir: gewiſſe mir unbekante Regungen = = = =
ach! widerſpenſtiges Herz, du biſt doch noch unſchul=
dig? woher alle dieſe Empörungen in meiner Bruſt?

Cur. Find ich dich endlich, Unwürdige!

Herſ. Was für eine Stimme erſchallet in meinen Ohren?
o Himmel! Vatter! Herr!

Cur. Schweige, und entheilige, ſolch = einen Nahme nicht
mehr.

Herſ. Ach Vatter!

Curt. Wende deine vermeſſene Blicke von mir, die Braut
eines Römers iſt nicht meine Tochter.

Herſ.

Herſ. Herr! ich eine Braut?

Cur. Läugne nicht deine Miſſethat, um den begangenen Meyneid nicht noch mehr zu erſchweren. Sage, wareſt du nicht mit deinen treuloſen Gefährdinnen erſt kürzlich bey dem Traualtar?

Herſ. Ich ware daſelbſt als eine Zuſeherin, keineswegs aber um mich zu vermählen.

Cur. Und deine Hand?

Herſ. Herſiliens Hand wird ohne vätterlichem Befehle nicht vergeben.

Cur. Und du biſt ⸱ ⸱ ⸱

Herſ. Noch immer eine Sabinerinn.

Cur. Weder ein dargebottener Thron ⸱ ⸱ ⸱

Herſ. Ich verſchmähe den Thron, den ich nicht dir zu verdanken habe.

Cur. Und die Wut, die Drohungen ⸱ ⸱ ⸱

Herſ. Herr! keine Drohung macht mich zittern als jene deines Haſſes. Geliebter Erzeuger! ſelbſt der Tod iſt mir nicht ſo bitter als die vätterliche Ungnade.

Cur. Ach! komme an meine Bruſt, du theureſter Antheil meiner Seele. Ich verfluche nunmehro meinen auf dich geworfenen Zorn. Ach! kein glückſeligerer Tag hat mir bishero ⸱ ⸱ ⸱ du bebeſt Herſilia?

Herſ. Ich zittere wegen dir. Ich weiß, daß Romulus in wenig Augenblicken allhier erſcheinen wird: Wenn dich jemand in dieſen feindlichen Mauren, unter dieſer fremden Kleidung entdecken ſollte, wer weiß ⸱ ⸱ ⸱ Laß uns gehen, Herr, wohin du immer willſt, werde ich dir folgen.

Cur.

Cur. Nein, meine Tochter! solchergestalten würde ich mein Unternehmen zu vielen Gefahren aussetzen, wir müssen uns der nächtlichen Dunkelheit bedienen.

Hers. Aber indessen - - - - o Himmel! siehe da, Romulus kömmt.

Cur. Ich gehe; du aber nehme dich in Acht, daß mich deine Zaghaftigkeit nicht verrathet.

Hers. Ach! wo wirst du wohl sicher können - - -

Cur. Ich habe bereits einen Vertrauten, der mir zur Bewerkstelligung meines Vorhabens verhülflich seyn wird; ich werde zu rechter Zeit wieder bey dir seyn; lebe wohl.

(Gehet ab.)

Neunter Auftritt.

Hersilia, hernach Romulus.

Hers. Armselige Hersilia! bey allen deinen Widerwärtigkeiten fehlte dir noch die gröste, die grausamste, nämlich die Forcht ob der deinem Erzeuger drohenden Gefahr. In dieser Angst, ach! wie werde ich mich dem Romulus zeigen können. Jedoch er kommet, man meide seine Gegenwart.

Rom. Du fliehest vor mir, Hersilia?

Hers. (Stehet mir bey, gerechte Götter!)

Rom. Förchte nicht Prinzeßin, daß ich meiner Liebe wieder das Wort sprechen werde; Ich ehre die obwohlen zu harte Gewohnheiten deines Vatterlands. Es kostet mich viele Gewalt, ich gestehe es, dir in diesem Stücke zu gehorchen, allein dir zu mißfallen, beförchte ich noch weit mehr.

C   **Hers.**

Herſ. (Welche Großmut!)

Rom. Jedoch ich glaube, das heiſſe nicht verliebt mit dir reden, wenn ich dir nur ſage, daß, wenn die Götter,
wenn dein Vatter, wenn ſelbſt dein Wille mich zum Be-
ſitzer dieſer ſchönen Hand machet, ich alsdann der glück-
ſeligſte Sterbliche ſeyn würde.

Herſ. (Wehe mir!)

Rom. Daß du meinen Thron mit neuem Schimmer berei-
chern, daß du in Rom eine Gottheit, daß du ſtäts die
einzige Beherrſcherin meines Herzen ſeyn wirſt • ; •

Herſ. Herr, erlaube daß ich mich entferne.

Rom. Ach! alſo bin ich das Ziel deines Haſſes.

Herſ. (O Qual!)

Rom. Wenn bey euch die Liebe ein Verbrechen iſt, ſo glaub
ich doch nimmermehr, daß eure Geſätze den Menſchen-
haß gebietten werden: zudeme iſt doch ein groſſer Ab-
ſtand zwiſchen dieſen beyden einander ſo ſehr entgegen
lauffenden Leidenſchaften, und Herſilia, da mir der
Himmel weder ihr Herz, noch ihre Hand gewähren will,
Herſilia könnte mir doch wenigſtens ihre Freundſchaft
ſchenken.

Herſ. (Ich weiß nicht mehr wo ich bin. Ich weiß nicht, ob
ich gehen, oder bleiben ſolle. Entſchuldigen möchte ich
mich gerne, und habe nicht Mut genug den Anfang
dazu zu machen, und jedes Wort, das ich hervorbrin-
gen möchte, verwandlet ſich in einen Seufzer zwiſchen
meinen Lippen.)

Rom. Herſilie ſchweiget? ſie würdiget mich nicht eines ein-

zigen

zigen Blickes? Wann hab ich dich beleidiget, was hab ich wohl verbrochen?

Herſ. Herr ⸗ ⸗ ⸗ wenn du glaubeſt ⸗ ⸗ ⸗ (o Himmel!)

Rom. Du erkläreſt dich nicht ganz? ach! ein neuer Schmer⸗ ze drücket deine Seele. So verwirrt konnte dich deine Hartnäckigkeit machen; du bebeſt, du entfärbeſt dich, du fängſt an zu reden, hältſt wieder inne, und verräthſt durch dein entſtelltes Angeſicht die brauſenden Bewegun⸗ gen deines Herzens. Ach! erkläre dich.

Herſ. Herr ⸗ ⸗ ⸗ mir iſt es nicht möglich.   (Weinet.)

Rom.   Ach! ſprich, was wollen dieſe Thränen,
            Was für ein Schmerz iſts, der dich quält?

Herſ.   Ich fühl den Tod in meinen Sehnen,
            Und kann nicht ſagen was mir fehlt.

Rom.   Bin ich die Urſach dieſer Zähren?

Herſ.   Du? ⸗ ⸗ ⸗ wenn ich wüſte ⸗ ⸗ ⸗ lebe wohl.

Rom.   Verweile Schönſte, laß mich hören ⸗ ⸗ ⸗

Herſ.   Was hilfts, mein Schickſal iſt zu toll.

Rom.   Flieh nicht ſo grauſam meine Blicke,

Beyde.   ⎧ O Schmerz! wen traf noch das Geſchicke
            ⎨   Mit ſo viel Qual und Angſt bisher
            ⎩   Wie mich ſo ſchwer.

Beyde.	Nein, das, was sich so heftig regt,
	Und mir heut solche herbe Wunden
	In das beklemte Herze schlägt,
	Das habe ich noch nie empfunden.

Ende der ersten Abhandlung.

Zweyte Abhandlung.

Erster Auftritt.

Eine Laube in dem inneren Theil der Burg, durch welche man das sogenannte Carmentalthor, und das Capitolium in der Ferne sehen kann.

Hersilia.

Armes Herz, du brennest, und deine Veränderung fühle ich leider mehr dann zu wohl; Umsonst bemühe ich mich meine Schwachheit vor mir selbst zu verbergen. Nein, ich bin nicht mehr jene unempfindliche Hersilia. Romulus, ach! Romulus ist jederzeit der erste Gegenstand meiner Gedanken; beständig finde ich, ohne zu wissen wie, seinen Nahme auf meinen Lippen? wenn jemand ungefähr von ihme redet, so fühle ich eine heftige Glut mein Antlitz durchglühen; kömt er mir, es seye wo immer, in die Nähe, so erschröcke ich, werde blaß, verwirre mich, erstumme, und mein zweifelhaftes Herz verdoppelt seine Schläge theils aus Angst, theils aus Vergnügen; ach! wenn dieses nicht die Liebe ist, was kann noch Liebe seyn? Auf Hersilia! da du bishero so ohnmächtig widerstanden, so wäre es Thorheit, sich neuen Gefahren auszusetzen: fliehe, und erhalte wenigstens durch die Flucht deine wankende Glory; dann in der Liebe ist die Flucht nicht weniger ein Sieg.

Zweyter Auftritt.

Curtius, und die vorige.

Cur. Hersilia! meine Tochter!

Herf. Ach! Herr! können wir die Flucht ergreiffen! ich bin be-

bereit, mein Vatter! wenn du gekommen bist, mich zur
Eilfertigkeit aufzumuntern.

Cur. Nein, ich kame nur, um dich vor einer neuen Gefahr
zu warnen. Der Ceninaterfürst athmet in Rom, vor
kurzem hab ich ihn gesprochen, und er versicherte mich,
daß er alsogleich wieder abziehen wolle; Ich habe aber
den falschen so eben von weitem wieder ganz verstohle-
nerweise um deine Zimmer herumschleichen gesehen, und
ich beförchte nicht ohne Grund, daß er wieder einen bos-
haften Streich im Schild führe. Der Thor liebet dich,
Er ist noch aufgebracht über meine abschlägige Antwort,
sein Gemüt ist von sehr ungestümer Art, und die Verwe-
genheiten scheinen ihme schöne Thaten zu seyn. Tochter
nehme dich in Acht.

Kerf. Ach! warum verweilen wir also noch länger, auf! zur
Flucht!

Cur. Es ist noch nicht Zeit, gedulde dich nur noch wenige
Augenblicke.

Kerf. In Rom, Herr, strebe ich vergebens nach Ruhe,
diese Mauren sind mir verhaßt, rette mich, Vatter; rette mich von so grosser Pein, ach! mache, daß die Römer
meinen Blicken entzogen werden, mache, daß ich endlich
wiederum geruhig die sanfte Luft der Sabiner athmen
möge.

Cur. Geliebte Tochter! o wie entzücket mich deine Ungedulb;
Die Sabinische Tugend glänzet allenthalben aus dersel-
benherfür: beruhige dich, in kurzem hoffe ich, dich gänzlich zu befreyen, inzwischen aber tröste dich mit dem
schmeichelhaften Gedanke, daß du Ursache hast mit dir
selbst

selbst zufrieden zu seyn. Kommet alle, die ihr Töchter seyd, und lernet von dieser, wie man das Vatterland, wie man die Vätter verehren, und wie man bey denen verführerischen Schmeicheleyen der Liebe, doch noch die Herrschaft über sein Herz behaupten solle. Ach! Tochter! meine Hofnung, meine Glory, meine einzige, meine beste Stütze!

Wenn ich denke, daß das Glücke
Mir solch= eine Tochter gab,
So verzeih ich euch ihr Götter
Eures Hasses schwere Wetter,
Die ich stäts erlitten hab.

* * * *

Wütte nur auf mich, Geschicke,
Wütte immer stärker loß,
Diese schmeichlende Gedanken
Setzen deiner Wut doch Schranken,
Und mein Mut bleibt immer groß.

(Gehet ab.)

Dritter Auftritt.

Herſilia allein.

Wo verberg ich mich? ach! diese unverdiente Lobes=erhebungen sind eben so viele bittere Vorwürfe für meine schuldige Seele. Hersilia, wie, du gestattest, daß dein Erzeuger eine Tugend an dir bewundere, der du dich nicht rühmen kanst? du gestattest, daß er dich mit Lobsprüchen ganz überhäuffet, daß er dich aus Irrthum so sehr liebet,

bet, und ehret, und du ſtirbſt nicht vor Schamröthe? Und werden die vätterlichen Lobſprüche deine Vernunft nicht rege machen? fühleſt du dich nicht ſtark genug dieſelben zu verdienen? Wenn ich entfliehe, möchte es mir gelingen, aber o Himmel! in Gegenwart des Romulus trau ich mir nicht ſo viele Kräfte zu. Die Erfahrung hat mich bereits gelehret, wie ſchwer dieſe Probe ſeye. (Setzet ſich nieder.) Alſo werde ich gezwungen ſeyn, ihn zu lieben? alſo verſaget mir allein der Himmel die Freyheit, nach dem Gebrauch meines Vatterlands zu handlen? Ach nein! ergreiffe Herſilia, ergreiffe wiederum den aus Unachtſamkeit verlohrnen Zaum deiner widerſpenſtigen Leidenſchaften. Einer ſtandhaft beſchloſſenen Tugend iſt kein Unternehmen zu ſchwer; ja, ich förchte ſchon keine, auch die härteſte Probe nicht mehr, und je gröſſer die Gefahr, deſto ſchöner ſcheinet mir der Sieg. Schon bin ich an deme, mich des Jochs meines bisherigen Wahnwitzes zu entſchütteln. Ich muß Meiſterin meiner ſelbſt ſeyn. Ich kann, ich will, ich bin es ſchon. Hoſtilius, wo befindet ſich Romulus? (Stehet ganz entſchloſſen auf.)

Vierter Auftritt.

Herſilia, Hoſtilius, hernach Valeria.

Hoſt. So eben gehet er aus dem Raht in ſeinen Pallaſt.

Herſ. Wird es mir erlaubt ſeyn, ihn zu ſehen?

Hoſt. Dir? verzeihe, du biſt undankbahr, wenn du noch zweifleſt.

Herſ. Ich möchte ihn gerne ſprechen.

Hoſt. Kann vielleicht Rom hoffen, dich ſeinen Wünſchen geneigt

neigt zu finden, kann sich Romulus deiner Gegenliebe erfreuen!

Herſ. Herſilia iſt nicht für Rom, und deinen König gebohren. Wenn es aber, wie du vorgiebſt, wahr iſt, daß der Wille des Romulus von dem meinigen abhanget, ſo wird heute noch deine Valeria Königin ſeyn.

Hoſt. Ach! alſo ⹀ ⹀ •

Herſ. Freundin ich gehe, um, wenn anderſt die Sterne günſtig ſind, dich zur Braut eines Königs zu machen.

(Zur heraus kommenden Valeria.)

Val. Mich?

Herſ. Ja. Doch mir iſt die Ehre ſolch⹀ eines ſchönen Gedankens nicht zuzuſchreiben; dem großmüthigen Hoſtilius hab ich dieſen Einfall zu verdanken; er iſt es, welcher dem König der Römer in dir eine würdige Gemahlin vorſchlägt, ich bewundere ſeine Großmuth, und bin ſtolz darauf ihn nachahmen zu können.

Val. Ich danke euch für eure gute Meinung, allein ihr ſchaltet nach eurem Gutdunken mit meiner Hand, da ich doch ſelbſten nicht mehr Frau davon bin. Ich liebe, wie euch bekannt iſt, einen ungetreuen Bräutigam, und die Liebe iſt mir zur Schuldigkeit geworden.

Herſ. Das iſt der allgemeine Vorwand, um fremde Schwachheiten zu bemänteln. Auf! laſt uns einen beſſeren Gebrauch von unſerer Willkühr machen, oder, wenn es ja ſo ſchwer fällt wehrte Bande zu zerreiſſen, ſo gebe man wenigſtens dem Schickſal keine Schuld.

Frucht⹀

Fruchtlos zörnt der auf die Sterne,
Ob der ihm entzognen Huld,
Der die Liebesketten gerne
Trägt, und seufzt aus eigner Schuld.
Dann, was hilft ihn wohl das Klagen,
Wenn er sich doch selbst bewust,
Daß er nur im Fesseltragen,
Findet seine gröste Lust.   (Gehet ab.)

Fünfter Auftritt.
Hoſtilius, und Valeria.

Val. Alles kömt mir unbegreiflich vor Hoſtilius. Bis nun=
zu glaubte ich Herſilia wäre für den Romulus ein=
genommen, nun aber bin ich vollkommen überzeuget,
daß ich mich betrogen habe. Stäts ware ich der Mei=
nung, einige Gewalt über dein Herz zu haben, und nun
sehe ich, daß du mir nur aus Scherz geschmeichelt. Ho=
ſtilius, ich gestehe es, alles, alles ist mir zu dunkel.

Hoſt. Wenn du Herſiliens Herze für getroffen hielteſt, so
weiß ich eben nicht, ob du dich so sehr geirret haſt; wohl
aber kann ich dir sagen, daß ich dich so heftig liebe, als
man nur lieben kann, und daß ich meine Leidenschaft mit
mir in das Grab zu nehmen beschloſſen.

Val. Wie, ist es aber möglich, daß du noch trachten kanſt,
mich zur Königin zu machen?

Hoſt. In was widerstrebet der Thron meiner Liebe? die
Glut, so mich beseelet, ist unendlich von jener der gemei=
ner Liebhaber unterschieden: Als standhafter Bewun=
derer deiner Tugend, werde ich, eifersüchtig auf deinen
Kö=

niglichen Schimmer, dich allzeit so wie jetzo anbetten.

Val. Ach! schweige Hostilius, und erspare meinem Herze den bitteren Vorwurf, daß es undankbahr an dir handlet. Was für eine verliebte Seele kann sich rühmen, dir an edler Denkungsart gleich zu kommen. Ach! wisse dann, daß ich deinen Wehrt vollkommen erkenne, und daß, wenn die Bande, worinnen ich seufze, schwächer wären, ich um dein kostbahres Herze heftiger, als selbst um den Thron, buhlen würde.

Ach! warum, da mich die Liebe
Ihre Seufzer hat gelehrt,
Hat mein Herz doch dieser Triebe
Nicht für dich allein versehrt.
Doch, weil auf das erste Brennen
Oft sehr wenig wird bedacht,
Kann man auch die Flamm nicht kennen,
Die das Herze seufzen macht.　　(Gehet ab.)

Sechster Auftritt.
Hostilius allein.

Nein, ich schmeichle mir nicht vergebens. Valeria hegt schon mehr, als Dankbarkeit für mich; meine reine Glut ist ihrem sanften Sinn nicht mehr unbekannt. O Entdeckung! o Vergnügen! An diesen glückseligen Entzückungen meiner Freude, erkennet meine Seele, daß diese der reichste Lohn der Liebe seyen.

Jener, der nicht kann verstehen,
Was für eine edle Lust

　　　　　Uber-

Uberſtröhmet meine Bruſt,
Der iſt dieſer ganzen Erb
Allergröſtes Beyleib wehrt.

*   *   *   *   *
*

Er wird an den wahren Freuden
Seine Seele ſelten weiden,
Wenn er jene Luſt nicht kennt,
So mir meine Tugend gönnt.   (Gehet ab.)

Siebender Auftritt.

Cabineter, verdeckte Gänge, und andere grüne Lauben nach
denen Reguln der Baukunſt, auf der abhangenden Seite
des Bergs Palatinus.

Romulus, hernach Acron.

Rom. Nein: Herſiliens Schwermuth iſt nicht ganz Hartnäckigkeit. Ich ſahe es an ihren Geſichtszügen,
von ihren Lippen vernahme ich ∗ ∗ ∗ Jedoch Romulus,
wie ware es möglich, daß dein Herz mitten unter denen
Drohungen der nahen Feinde, unter ſo ſchweren Sor-
gen deiner angehenden Regierung ſich ſo ſehr von der
Liebe konnte dahin reiſſen laſſen? Solch ∗ eine Schwachheit ∗ ∙ ∗ Ach! nicht allzeit iſt ſie Schwachheit, die Liebe ändert ihre Natur, ſobald ſie ſich mit der Vernunft
vereinbahret. Gewiß iſt jener Leitſtern meiner Gedanken, der an der Stirne Herſiliens ſchimmert, mehr, als
etwas Irrdiſches. Ihre Tugend, der alte Ruhm ihrer
Ahnen, das Beſte des Reichs, die Wünſche meines
Volks ∗ ∗ ∗ Jedoch, was höre ich für ein Getöß von
Waffen! Hola!   (Gegen die Scene.)

Acr.

Acr. Nein, dieſer Säbel iſt nicht gewöhnt, ſich ſo leicht zu ergeben. (inwendig.)

Rom. Wie! meine Wache ſtreittet wider einen Römer!

Acr. Grauſame Götter (Indem er ſich vertheidiget, entfällt ihm das Gewehr.)

Rom. Haltet ein, ihr meine Getreue; man vergreiffe ſich nicht an einem entwafneten. Sterne! betrüg ich mich? biſt du nicht Acron?

Acr. Ich bin es. (mit Verbitterung.)

Rom. Wie, in Rom! in meiner Burg! in verſtellter Kleidung! was wäre dein Abſehen?

Acr. Von meinen Handlungen bin ich dir keine Rechenſchaft ſchuldig. (wie oben.)

Rom. Zur Unzeit Acron zeigeſt du deine Verwegenheit. Bedenke, wo du biſt.

Acr. Genug, ich bin Acron, wo ich auch immer ſeyn mag.

Rom. Allein, ſolch ‐ ein verwegener Mut iſt Thorheit, Prinz, in deinem Fall. Rede. Wäre es deine thörichte Liebe zu Herſilien, oder wäre es dein alter Haß gegen mich, der dich ſo blind gemacht?

Acr. Spare nur Romulus dein fruchtloſes Fragen, ich bin nicht gekommen, um deine Neugier zu ſtillen; gebrauche dich immer deines Rechts, zu allem wirſt du mich fertig, und ſtandhaft finden; ich weiß, was ich dir für ein Schickſal zubereittete, wenn du von denen, der Tapferkeit abgeneigten Göttern in den Stand verſetzet würdeſt, worinnen ich mich dermahlen befinde, folglich urtheile hieraus auf das, was ich von dir zu gewarten habe.

Rom. Du denkeſt ganz unrichtig. Hola! Gerichtsbediente!

man

man gebe dem Fürsten der Ceninäter das Gewehr wieder zurücke, ihr aber meine getreuen Soldaten führet ihn unverletzt aus denen Römischen Mauren.

Acr. Wie! man giebt mir mein Gewehr?

Rom. Ja, nehm es hin, und wenn du kanst, so erobere das auf dem Schlachtfeld, was du in Rom verlohren.

Acr. Deine Unbesonnenheit kann dir theuer zu stehen kommen; Eine Gelegenheit zur Rache, wie du thust, aus Hochmut versäumen, Romulus, du sollst erfahren, daß dieses keine That eines Weisen ist.

Rom. Ich sollte mich rächen! und warum? Als einen Unbesonnenen entschuldige ich dich, als einen Liebhaber bemitleyde ich dich, als meinen Feind achte ich dich nicht, und wenn du, des Betrugs gewohnt, als ein heimlicher Nachsteller gekommen, so verachte ich dich.

Acron.

Verachte mich nur, wie du willst,
Und zeig dich stark in allen Dingen,
Vielleicht wirst du bald anderst singen,
Wenn du einst meine Rache fühlst.

* * * *

Im Schlachtfeld, weit von dieser Stadt,
Dort wollen wir gewiß noch sehen,
Ob mich dein Stolz auch wird verschmähen,
Der mich in Rom beschimpfet hat.

(Gehet ab.)

Ach=

Achter Auftritt.

Romulus, und Herſilia.

Herſ. (Hier iſt er, nun iſt es Zeit, den Sieg vollkommen zu erobern.) (kommet heraus, und bleibet jähling ſtehen.)

Rom. (Dieſe Unerſchrockenheit iſt mir ein ſeltſames Wunder.)

Herſ. (Götter! was für eine Bezauberung iſt dieſes! ſo, wie ich mich ihm nähere, fängt mir das Herz ſtärker an zu pochen.)

Rom. (Iſt es möglich, daß in einer Seele ſo viele Tapferkeit mit ſo wenig Tugend beſtehen kann!)

Herſ. (Mein Herſilia, dieſes Pochen hindere dich nicht an deinem Vorhaben. Auch denen tapferſten Kriegern ſcheinet bey einem Treffen der erſte Schritt der gefährlichſte, der härteſte zu ſeyn.) Herr, nur wenige Augenblicke bitte ich um Gehör.) (Tritt freymüthig hervor.)

Rom. Wie! iſt es die Wahrheit, oder traume ich? der einzige, der reizendſte Gegenſtand meiner Gedanken, die ſchöne Herſilia kömmt zu mir?

Herſ. Alſo Romulus willſt du mich nicht anhören?

(ernſthaft.)

Rom. Warum?

Herſ. Du weiſt, daß mich dieſe Sprache beleidiget.

(ernſthaft.)

Rom. Mein Herz ergieſſet ſich mir zum Trotz über meine Lippen.

Herſ. Wenn du willſt, daß ich reden ſolle, ſo enthalte dich der zärtlichen Ausdrücke, und ſage mir nicht mehr, was dein Herz für mich empfindet.

Rom.

Rom. (Und doch bin ich verſichert, daß ſie mich nicht haſ=
ſet.) Wohl, ich gehorche, was verlangeſt du von mir?
Herſ. Ich komme, dich um eine Gnade zu bitten.
Rom. Du mich um Gnade bitten? ach! Herſilia! haſt du
vergeſſen, daß du von dem erſten Augenblick an, als ich
dich ſahe, ſchon die Herrſchaft über mein Herz, über
meinen Thron, über alle = = = = doch ſtill, ich will dem
kaum verſprochenen Gehorſam nicht zuwider handlen.
Herſ. (Standhaft Herſilia: Man ſchlage ihm Valerien zur
Braut vor.)
Rom. Nun wohl, was iſt dein Verlangen?
Herſ. Daß du von meiner Hand eine andere zur Gemah=
lin annehmen ſolleſt.
Rom. Ich? (erſtaunend.)
Herſ. Ja, und zwar Valerien, meine Freundin.
Rom. Ich Valerien? (verwirrt.)
Herſ. Valeria iſt würdig von dir geliebt zu werden.
Rom. Undankbahre! ſo ſehr mißhandleſt du meine Liebe?
(Mit Unwillen, und Zärtlichkeit.)
Meine Treue, meine Erforcht, meine Redlichkeit, meine
ſtandhafte Verehrung, hat alles dieſes ſolch = einen Lohn
von dir verdienet? ach! Grauſame! wie iſt es dir mög=
lich ein Herz, worin dein Ebenbild gepräget iſt, ſo ge=
waltig zu zerreiſſen? Wo wirſt du noch deine Herrſchaft
bey ſo vieler Grauſamkeit behaupten können.
Herſ. (Ach! du, denen Sabinerinnen angebohrne Stark=
muth, verlaſſe mich nicht!)
Rom. Mir eine andere zur Braut vorzuſchlagen! o Him=
mel! ware deinKaltſinn, deine Gleichgültigkeit nicht ſchon
ge=

genug mich gänzlich zu Boden zu drücken? mußt du meiner noch spotten? mußt du mich noch so empfindlich verachten? mußt du noch denjenigen so übermäßig peinigen, der nicht lebet, als nur in dir?

Herſ. (Mein Herz zerſtiebt mir faſt in dem Buſen.)

Rom. Ich thörichter ſchmeichelte mir noch vor kurzem mit deiner Liebe: deine unterbrochene, und verwirrte Reden, deine öftere Entfärbung, deine zu verſchiedenen mahlen wider deinen Willen ausgebrochene Thränen, alles dieſes ſchiene mir eine heimliche Liebespein zu verrathen, o Herſilia! wie derb hab ich mich getäuſchet.
(zärtlich.)

Herſ. Ach! du haſt dich nicht betrogen.

Rom. Wie! alſo hab ich mich nicht geirret? (mit freudiger Verwunderung.)

Herſ. (Götter! was hab ich doch geſagt?)

Rom. Schönſter Abgott! alſo iſt es wahr, daß du mich liebeſt? (mit entzückter Heftigkeit.)

Herſ. Schweige, und triumphire nicht über meine Schwachheit.

Rom. Aber ſage, wie ware es dir möglich mich zu lieben, und mir doch eine andere zur Braut vorzuſchlagen.

Herſ. O Himmel! Romulus, ach! durchbohre mich nicht noch mehr. Wenn du mein Herz ſehen könnteſt, wenn du wüſteſt, wie viel mich meine erzwungene Vorſchläge koſteten, dieſe ohnmächtige Waffen meines verſtellten Kaltſinns, den du doch als eine Beleidigung ausgedeutet, wenn ich dir erklären ſollte, mit was für einer barbariſchen Gewalt dieſe in mir wider einander

E   ſtreit-

ſtreittende Regungen auf meine Seele ſtürmten, Romulus, du würdeſt mich bewundern, du würdeſt mich bedauren.

Rom. Ach! ſage vielmehr, ich würde in heftige Liebesflammen auflodern. Welcher Sterblicher wurde jemahlen mit ſo entzückender Luſt überſtröhmet. Die anbettenswürdige Herſilia wird mein Eigenthum, ach! dieſe, dieſe iſt der glänzende Leitſtern meiner angehenden Regierung, dieſe iſt die Glückſeligkeit Roms.

Herſ. Nein Herr, du täuſcheſt dich mit eitlen Hofnungen, nimmermehr werde ich die Deinige ſeyn.

Rom. Aber warum?

Herſ. Genug, ich bin eine Tochter.

Genug, du haſt geſieget, Herr,
Mein Kaltſinn wurde überwunden,
Nun fordre weiter nichtes mehr,
Da du mein Herz ſchon bloß gefunden.

* * * * *

Die Pflicht ſoll ſtäts mein Führer ſeyn,
Ob gleich mein allzu ſchwaches Herz
Den übergroſſen Liebesſchmerz
Den Wüttrich meiner Seelen
Nicht länger kont verheelen.

Neunter Auftritt.
Romulus, hernach Hoſtilius.

Rom. Ach! ſchon iſt an meinem Siege nicht mehr zu zweiflen; endlich habe ich das harte Herz Herſiliens überwältiget. Ihr Erzeuger, wenn ich nur wieder in ihn

drin-

bringe, wird nicht widerstehen können ; Bitten, Ver=
heiſſungen, nichts werde geſpahret, um von ihm = = =

Hoſt. Romulus, auf, zu den Waffen?   (eilfertig.)

Rom. Was iſt geſchehen?

Hoſt. Rom iſt in Gefahr. Der gegen deine Wohlthaten un=
dankbahre Acron wurde kaum in Freyheit geſetzet, als
er unſere Mauren mit feindlicher Uberziehung bedrohete.

Rom. Und mit was für Völkern?

Hoſt. Mit ſeinen Ceninatern. Er hatte ſie bereits an ver=
ſchiedenen Orten zum Hinterhalt verborgen, auf einen
Wink ſahe ich die benachbahrte Gegenden mit feindli=
chen Kriegern bevölkert, tauſend blanke Säbel blitzten
unvermuthet aller Orten, und die feindliche Fahnen
flatterten zu hundertweis in der Römiſchen Luft.

Rom. Der Thor glaubte zum Fechten Unbereitete gähling
zu überfallen, allein die billige Straffe überzeuge ihn
ſeines Irrthums.   (will abgehen.)

Hoſt. Herr, an deiner Seite = = =   (will ihm folgen.)

Rom. Nein, bleibe zurück; deiner Aufſicht vertraue ich Rom,
ſeye auf die Sicherheit des Vatterlands, und Herſiliens
bedacht. Der Falſche könnte noch nicht bewürkte heim=
liche Anſchläge in der Stadt ſelbſt vorbereitet haben ;
gehe, und verſäume keinen Augenblick.

Hoſt. Auf meine Treue kanſt du dich verlaſſen.

Rom. Dir, o Gott der Waffen! und bir du ſanfte Mutter
der Liebe, ihr unſterbliche Urquellen meines Geblüts,
euch ſeye Dank geſagt ; euch allein habe ich ſowohl das
kaum genoſſene Vergnügen, als den nunmehro in mir
auflodernden Heldenmuth zu verdanken ; In allen

mei=

meinen Unternehmungen seyd ihr meine Führer, und
dann fällt mir keiner, auch der härteste Weeg zur Glory nicht zu schwer.

Ich eile, um selbst in dem Fechten
Die Myrthenreiser sanfter Glut,
Mit Lorbern für den Heldenmut
Durch Schweiß, und Arbeit zu verflechten.

* * * *

Dann ziehe ich dem Neid zur Pein,
Als zweyfach glücklicher Besieger,
Als Bräutigam, und tapfrer Krieger
InRom Siegprangend wieder ein.

(Gehet ab.)

Ende der zweyten Abhandlung.

Drit-

Dritte Abhandlung.

Erster Auftritt.

Ein enger, und verwilderter Platz in denen Palatinischen Gär-
ten zwischen hohen steilen Klippen, ein Wasserfall durch-
ströhmet ihn, und das Licht fällt nur von oben hinein, so
viel es die darüber gewachsene dicke Gebüsche gestatten.

Curtius eilfertig, hernach Hersilia.

Cur. Wo werde ich sie wohl finden? diesen günstigen Augenblick möchte ich nicht versäumen. Das Glück
bietet mir - - - Jedoch, hier ist sie. Liebste Tochter,
danke denen Göttern, wir können fliehen, der glückliche
Zeitpunct ist endlich erschienen.

Hers. Ach Vatter! dir ist etwa noch nicht bekannt, das jenseits des Bergs Palatinus zwischen denen Römern und
Ceninatern bereits ein hitziges Gefecht entstanden. Alle
hier herumliegende Fluren strotzen von Waffen und Kriegern, und alle Zugänge zu denen Sabinern sind abge-
schnitten.

Cur. Nicht alle.

Hers. Ich selbst, zweifle nicht Herr an meinen Worten, ha-
be aus meinen Zimmern gesehen, wie sich die muthigen
Schaaren angefallen; und da ich diesem schröcklichen
Auftritt entfliehen - - -

Cur. Eben das, was du für eine Hindernuß haltest, begün-
stiget unser Vorhaben. Ganz Rom lauffet hauffenweiß
dem bedrohten Hügel zu, und gegen über ist der Tarpe-
jus unbewachet; den Fuß dieses Bergs badet, wie du

weist,

weist, der vorbey ströhmende Tyber, und während, daß man auf einer Seite kämpfet, wollen wir auf der andern diesen Fluß übersetzen, jenseits befinden wir uns in dem freundschaftlichen Hertrurien, folglich können wir sodann ungehindert in das Vatterland zurücke kehren.

Herf. So bin ich dann bereit, Herr! deinen Schritten zu folgen.

Cur. Nein, diese meine Getreuen lasse ich dir zur Bedeckung, mit ihnen kanst du deine Flucht unternehmen, ich werde mein noch übriges Gefolge zusammen raffen, und dann euch auf dem Weeg wieder einholen. Nichts hindert unser Vorhaben. Schon neiget sich die Sonne, wie du siehest, zum Untergang; wir werden unbemerkt, und sicher denen Römischen Mauren entrinnen können, und an dem Carmentalthore ligt schon ein Schif für uns in Bereitschaft.

Herf. (Grausame Flucht!)

Cur. Wie! du zitterst noch? beförchte nichts mehr Herfilia, verlasse dich gänzlich auf mich, alles ist wohl überleget, allen Hindernüssen ist vorgebeugt; erheitere wieder deine unterdrückte Seele, und seye gutes Muts, dann du stehest bereits an der Thüre in die wehrte Freyheit hinaus zu gehen.

Ein Schiffer, der bey Sturm und Winden
Den Hafen nicht mehr hoft zu finden,
Wird auf das neue ganz entzückt,
Wenn er ihn wieder nur erblickt.

Ein

Ein jedes Auge wird erfreut,
Wenn nach dem nächtlich schwarzen Dunkel
Der Morgenstern mit seinem Funkel
Des Tages graues Licht ausstreut.

(Gehet ab.)

Zweyter Auftritt.
Herſilia, hernach Valeria.

Herſ. O Tyber! o Rom! o angenehme Fluren! in deren
Schoß ich meine erſten Liebeßſeufzer ausgeſchüt-
tet, euch verlaſſe ich, aber der gröſte Theil meines Herzens bleibt hier zurück. Ach! wie oft werden eure mir
heilige Namen über die Lippen flieſſen. O! wie oft werden meine Gedanken auf dieſen Hügeln herum irren. Ar-
me Herſilia! kein Sterblicher hat noch ein härteres, ein
grauſameres Schickſal erprobet ⸲ ⸲ ⸲ Doch nein; ich hatte das Glücke den Romulus zu kennen, und jeder, dem
das Schickſal dieſen Vorzug nicht gegönnet, iſt weit
armſeliger noch als ich. Könnt ich doch vor meiner
Flucht noch erfahren ⸲ ⸲ ⸲ Valeria, ach! wenn dir doch
der Ausgang des Gefechts bekannt iſt, laſſe mich nicht
länger in meiner Ungewißheit ſchmachten.

Val. Der Streit hat ſchon ein Ende.

Herſ. Wer hat geſieget?

Val. Romulus hatte ſchon die Palmen erfochten.

Herſ. Und nun?

Val. Iſt es noch nicht entſchieden, wer den letzten Preiß
verdienen wird.

Herſ. Das kann ich nicht begreiffen.

Val. Du wirst mich bald verstehen, wenn du mich hören willst.

Herf. Rede.

Val. Der Ausgang der Schlacht ware bereits entschieden; schon hatten die allenthalben zerstreute Feinde denen Römischen Schwerdern den Rücken zugewandt, und da sie tausend deutliche Proben ihres verlohrnen Muts an den Tag legten, fielen sie auf ihrer Flucht übereinander, und rieben sich solchergestalten selbst auf; Als der wüttende Acron auf dessen Stirne die gänzliche Verzweiflung deutlich zu lesen ware, durch die verwundete Pferde, und in den Staub dahin sinkende Krieger hervor drange, seine Flüchtlinge über die noch halb Lebende zum Fechten zurück jagte, alles, was ihn hinderte, mit Gewalt überstürmte, und sich solchergestalt selbst durch seine Feinde bis zum Romulus einen Weeg bahnete; Diesen rufte er schon von weiten bey seinem Name, und da er ihm endlich näher kame, verleittete ihn seine unseelige Wut den Uberwinder zum Zweykampf heraus zu fordern.

Herf. Der Vermessene!

Val. Unser Held hiesse, ungeachtet des schon erfochtenen Vortheils, seine Leute Waffenstillstand machen, rings um ihn her einen Kampfplatz erweiteren, stellte sich allein mit heiterem Antlitz dem verwegenen Ceninater entgegen, und nahme die Ausforderung an.

Herf. Und hernach?

Val. Weiter ist mir nichts bekannt; dann, als derjenige, so mir das, was ich dir nun erzählte, hinterbracht hatte, aus der Schlacht zu mir eilte, ware ihr Gefecht noch nicht entschieden.

Drit-

Dritter Auftritt.

Hoſtilius, und die Vorigen.

Hoſt. Der Kampf iſt nicht mehr zweifelhaft, Romulus
hat überwunden.

Herſ. Iſt es aber wahr?

Hoſt. In kurzem ſollſt du ſelbſt eine Augenzeugin ſeyn, wie
Romulus bey dem feſtlichen Schein der Nachtfackeln,
womit heute Rom die Hochzeiten der Sabinerinnen ver-
herrlichet, triumphirend die kaum erfochtene Beute dem
König der Götter opfern wird.

Val. Die Beute? ach! alſo iſt Acron * * *

Hoſt. Acron hat mit ſeinem Schaden bewieſen, wie ohnmächtig Gewalt und Wut gegen Kunſt, und Tugend ſeye.
Da er nur nach Blut dürſtete, achtete er keine Verthei-
digung, ſondern bemühete ſich einzig ſeinem Gegner eine
Wunde beyzubringen; der weiſe Romulus hingegen
trachtete nur die feindliche Streiche abzuweiſen, und
läſt ſolchergeſtalten ſeinem thörichten Beſtürmer Zeit,
ſich zu ermüden; Endlich fängt er an Athemloß zu
ſchnauben, ſeine Streiche werden ſchwächer, und ſelt-
ſamer wiederholet, er wird in die Enge getrieben, heftiger mitgenommen, und zum Weichem gezwungen, bis
er endlich die Gewalt ſeines Gegners länger auszuhal-
ten unvermögend, wanket, ſich zurück ziehet, ſtrauchelt,
und im Fallen das Gewehr verliehret. Sein munterer
Uberwinder eilet auf ihn zu, hebt ihn von der Erde auf,
und giebt ihm ſeinen Säbel wieder zurück.

Herſ. O Großmüthiger!

Host. Ja, er wollte ihn schon freundschaftlich umarmen, als er wahrnahme, daß der Verrähter heimlich trach= tete, ihn zu verwunden; hierauf entbrannte seine völlige Wut, sprange dem Betrüger grimmig zu Leibe, tauchte sein mit diesem undankbahren Blut noch nicht besudel= tes Gewehr in des treulosen Brust, und stürzte ihn ent= seelt hin in den Staub.

Val. Wer stehet mir bey! ach! ich sterbe! (fallt auf einen Sitzstein nieder.)

Herf. Valeria, nun ist es Zeit, deinen Starkmut zu prüffen, dein Entsetzen = = = (O Himmel! mein Vatter erwar= tet mich schon) Hostilius trage Sorge für diese Unglück= selige, bethättige meiner Freundin deine großmüthige Lie= be mit neuen Proben, und du wirst eine deiner würdige That begehen.

Verzeih ihr dieses wilde Zagen,
　　Verzeih es ihrem ersten Schmerz,
　　Du kennst der Liebe tolle Plagen,
　　　Und folgbahr weist du, daß ein Herz
　　Dem dieser Trieb zu weh gethan,
　　Von jedem Mitleid fordern kann.

＊　＊　＊　＊

　　Da sie des Schicksals Wut getroffen,
　　Daß sie stäts trostlos und betrübt
Nie einen heitern Tag durft hoffen,
　　Bey ihrem Schatz, den sie geliebt,
　　So falle doch der Trost ihr bey,
　　Daß ihr das Weinen stehe frey.

(Gehet ab.)
Vier=

Vierter Auftritt.

Valeria, und Hostilius.

Host. Angebettete Valeria, verzeihe, wenn ich dir ungescheut bekenne, daß ich jenem um sein Glücke beneide, deme zu Ehren diese kostbahre Tränen vergoßen werden.

Val. Hostilius, ach! verlaße mich. Solch=ein Zeuge meiner Schwachheit wie du, nöhtiget mir zu viele Schamröthe ab.

Host. Dein Wink ist mir ein Gesatz. Aber wiße, daß ich dir deinen Schmerz nicht verarge, ja ich würde dich vielleicht nicht so Verehrungswürdig schätzen, wenn ich dein Herz weniger empfindlich befände.

> Selbst in deinem grösten Schmerze
> Selbst in dieser Thränenfluth
> Die die loderende Glut,
> So in deinem Aug sonst funkelt,
> Ganz ermattet, und verdunkelt
> Blickt zu deiner grössern Zier,
> Auch der Wehrt von deinem Herze
> Noch weit glänzender herfür.
> * * *
> Ja dein holdes Angesicht,
> Wo die Wehmuth herfür bricht,
> Muß mit neuen Schönheitsstrahlen
> Auch dein Gram sogar bemahlen.

(Gehet ab.)

Fünf=

Fünfter Auftritt.

Valeria allein.

Für wen überfliessen dir die Augen Valeria? ach! diese
Zähren machen dich fremder Schandthaten theilhaftig.
Erwege endlich einmahl die böse Ränke des Acrons, und
deine von ihm erlittene Unbilden. Erwache wieder in mir
meine Tugend, und verbanne aus meinem Herze das Ange-
denken eines Unwürdigen. ɪ ɪ ɪ O Himmel! eine seit gerau-
mer Zeit in einer Seele lodernde Leidenschaft ganz zu unter-
drücken, ganz auszurotten, ist fürwahr eine schwere, eine
harte, eine lange nicht zu Stande zu bringende Unterneh-
mung.

Oft ist der Liebe schnellem Flug
    Ein Augenblick genug
Ein armes Herze zu verletzen.
    Doch kleckt so wenig Zeit niemahl,
    Um selbes von dem Liebesfall
In Freyheit wiederum zu setzen.

Ein Vogel, der dem Leim entfloh,
    Fühlt selben lang in seinem Schwingen;
Gleich ihm muß auch die Tugend so
    Oft lang mit der Gewohnheit ringen.

(Gehet ab.)

Sechster Auftritt.

Ein grosser Platz an dem Fuß des Bergs Palatinus, welcher bey eben eingefallener nächtlicher Finsternüß feyerlich beleuchtet ist, um die vollbrachte Trauungen mit denen Sabinerinnen zu verherrlichen, von erwähntem Berg gehet eine prächtige Treppe herunter, mittelst welcher man in die auf dem Gipfel gelegene Burg des Romulus kommen kann.

Der Schauplatz ist von einer zahlreichen Menge Volks angefüllet, so die feyerliche Zurückkunst des Uberwinders zu sehen, herbey geeilet. Romulus ziehet unter dem Schall der allgemeinen Jubellieder mit Lorbern gekrönet ein, voraus gehen die Gerichtsbediente mit denen gefangenen Sabinern, und der dem überwundenen Acron abgenommenen Beute; den Schluß des ganzen Zugs machet das triumphirende Kriegsheer

Romulus, hernach Valeria eilfertig.

Chor.

Erhaltet ihr Götter
Den Held, der regiert,
Und uns weislich lehret,
Wie man triumphirt.

*   *   *

Es keimen die Lorber
Stäts auf seinen Haaren,
Und sein grosser Nahme
Werd nach vielen Jahren
Von allen Bewohnern der Erd
Bewundert, gepriesen geehrt.

Romulus.

Lasse von des Schicksals Schluß
Dich, o wehrtes Rom belehren,
Und durch dieses Uberwinden
Lehrn die ächte Weiß zu suchen,

Wie

Wie man sich zu Ruhm und Ehren
Heldenmüthig schwingen muß.

* * *

Hat sich erst dein Glanz verbreitet,
Alsdann sey darauf bedacht,
Wie man das Gestirn ausdeutet,
Und des Himmels Abriß macht,
Wie man kann in ährnen Bildern,
Ja in rauhen Marmorstein
Die Natur als lebend schildern,
Und der Nachwelt Muster seyn.

* * *

Das Geschicke will uns wohl,
Und befiehlt, daß Rom itzt lehrne,
Wie es Völkern nah und ferne
Sein Gesätze geben soll,
Wie es Bürger glücklich machen,
Seiner Feinde Trotz verlachen,
Und sie überwinden soll.

* * *

Lasse von des Schicksals Schluß
Dich, o wehrtes Rom! belehren,
Und durch dieses Uberwinden ⸗ ⸗ ⸗

Val. Auf! Herr, zu denen Waffen! deine Gegenwart ist
nohtwendig; wir haben Feinde in Rom.

Rom. Wie! Feinde in Rom?

Val. Ja.

Rom. Wo?

Val. Bey dem Carmentalthor ist bereits alles in Waffen;

Eini⸗

Einige eilen auf daſſelbe zu, andere fliehen wieder, und mit jedem Augenblick wächſt der Tumult.

Rom. Auf Römer! folget mir.

Siebender Auftritt.

Hoſtilius, und die Vorige.

Hoſt. Schon iſt die Ruhe wieder hergeſtellet, ſpahre alſo Romulus deinen Heldenarm zu wichtigeren Thaten.

Rom. Doch, was ware die Urſache ⸗ ⸗ ⸗

Hoſt. Kanſt du wohl glauben, Herr, daß ſich iemand geſunden, der Herſilien rauben wollte?

Rom. Wie hat doch dieſer thörichte Räuber hoffen können, aus der verſchloſſenen Stadt mit ſeiner Beute ſicher zu entkommen?

Hoſt. Er hatte bereits einige Thorwächter mit Geſchenken auf ſeine Seite gewonnen, doch meine Fürſichtigkeit konnte er nicht hintergehen, dann ich hatte Befehl gegeben, dieſelbe öfter als gewöhnlich abzulöſen, folglich waren niemahl die nämliche auf der Wache. Er kame mit ſeiner Beute; der Ausgang wurde ihm verwehret, er wollte Gewalt brauchen, ſein, obwohlen hartnäckig fechtendes Gefolge aber muſte über die Klinge ſpringen, und er geriethe in unſere Gefangenſchaft.

Val. Welch ⸗ eine Verwegenheit!

Rom. Und Herſilia?

Hoſt. Herſilia iſt indeſſen zagend und bebend ⸗ ⸗ ⸗

Achter

Achter Auftritt.

Herſilia, und die Vorigen.

Herſ. Ach Romulus! Mitleiden! Barmherzigkeit! Hülfe!

Rom. Prinzeßin, ach! was thuſt du? ſtehe auf, was förch-
teſt du noch, hier biſt du in Sicherheit.

Herſ. Rette Herr meinen Vatter von der Wut des Soldaten, von dem Zorn des Pövels.

Rom. Deinen Vatter?

Hoſt. Iſt es vielleicht jener, der dich an der Hand mit fort
ſchleppte, den ich ob ſeiner Tapferkeit im Gefechte be-
wunderte - - -

Herſ. Dieſer ware mein Vatter.

Rom. Was iſt mit ihm geſchehen?

Hoſt. Er iſt zwar gefangen, doch unverletzt. Ich dachte
wohl zu thun, wenn ich einen von denen Aufrührern
beym Leben erhielte, damit er dir die wahre Urſache ihres Aufſtands erklären könnte; Zudem hat auch ſeine
Tapferkeit dieſe Ruckſicht verdienet.

Rom. Und wo befindet er ſich nun?

Hoſt. Ich habe ihn denen Wachen übergeben.

Rom. Ach! man laſſe ihn kommen.

Hoſt. Er nähert ſich ſchon.

Letzter Auftritt.

Curtius von Wachen begleitet, und die Vorige.

Rom. Tapferer Prinz, ſprich, wird unſerem perſöhnlichen
Groll niemahl ein Ende gemacht werden? Unſe-
re wechſelſeitige Beleidigungen trennen zwey kriegeriſche
Völ-

Völker, die doch gemacht zu seyn scheinen, die ganze Welt zu beherrschen. Ach! verbanne endlich einmahl den Haß aus deinem Herze. Deine tapfere Lenden umgürte wieder das Gewehr; du bist frey, mir bleibt schon kein Recht mehr über dich übrig.

Cur. (Was für eine unerwartete Sprache führt er in seinem Mund!)

Rom. Prinz, willst du mich keiner Antwort würdigen?

Herf. (Mein Vatter bleibt unversöhnlich.)

Rom. Ach! da es schon in deiner Macht stehet, andere glücklich zu machen, so zaudere nicht länger, das besitzende so schöne Geschenke des Himmels zu jenen Gebrauch zu verwenden, wozu er dir selbes bescheret hat. Ich, wenn du mir die Hand Hersiliens zusagest, werde dir mein gröstes, mein süssestes Glück zu verdanken haben; dann kanst du von meinem dankbahren Herze alles erwarten, ja schreibe du selbst die Bedingnüsse unseres Freundschaftsbundes vor, Curtius rede, Curtius seye der Schiedsmann meines ganzen Schicksals.

Cur. (Götter! ach! warum ist doch Romulus kein Sabiner.)

Herf. (Weh mir! er schweiget noch immer.)

Rom. Hersilia, rede.

Herf. O Himmel! was kan ich sagen? Ich bin eine Tochter, ich verstehe das Stillschweigen meines Vatters mehr dann zu deutlich, und der Gehorsam, wie du wohl weist, ist meine fürnehmste, meine erste Pflicht.

Rom. Wohl, nun ist mein Schicksal entschieden; sein Schweigen erkläret sich so deutlich, als dein Reden. Curtius, ich sehe, daß ich mich leider umsonst bestrebe deine Stand-

G   haf-

haftigkeit wanken zu machen; weil ich also nicht im Stande bin, deinen Hartsinn zu beugen, so will ich mich selbst überwinden. Gehe, und führe deine Tochter ungehindert mit dir fort in ihre vätterliche Fluren.

Cur. Wie! du gibst mir Hersilien zurück?

Rom. Ja, dir selbst.

Cur. Was muß ich vernehmen!

Rom. Obschon ein Liebhaber, ein Geliebter, ein Ubertwinder, gebe ich sie doch zurück.

Cur. (O mehr als menschliche Tugend!)

Rom. Lebe wohl du einziger, du schönster Gegenstand meiner Flammen; der Himmel erhalte dich lange zum Trost deines grossen Erzeugers, zur Zierde der Ehre, zum Gegenstand meiner Ehrforcht, und zum Beyspiel der Menschen.

Herf. (Ach! ich fühle den Tod in meinem Busen.)

Cur. (Man kann ihn unmöglich hassen.)

Rom. Rede, und würdige mich wenigstens vor deiner Abreise eines Blicks. Ach! ziehe Prinz als mein Freund von hinnen, weil du doch den sanften Titul meines Vatters nicht annehmen willst. Lasse wenigstens den angebohrnen Haß zum Theil getilget = = =

Cur. Ach Sohn! ach! genug: nehme Hersilien, du hast überwunden.

Rom. Wie! träume ich?

Herf. Ist es möglich!

Cur. Nein, ich habe endlich doch kein Felsenherz in meinem Busen begraben. Wer kann den Romulus kennen, und ihn nicht lieben? Tochter! liebe ihn von deinem ganzen

Her=

Herze, auch ich liebe ihn, verehre ihn, und danke dem Himmel, daß er mich solch-einen glückseligen Tag erleben laſſen.

Rom. O glückliches Rom!

Lerſ. Ach Vatter! ach Bräutigam!

Chor.

Götter! die ihr alles ſchlichtet
Was geſchieht in dieſer Welt,
Die ihr Glück, und Unglück richtet,
Nach dem Ziel, das euch gefällt,
    Schenket dieſem hohen Paar
Stäts entfernt von Gram und Plage
Seegenreiche, heitre Tage,
Weil doch ſchon dies Liebesband
Selbſt von eurer Allmachtshand
    Vorlängſt feſt geknüpfet war.

Ende.

Aeneas in Italien

ein heroischer Tanz

bey Gelegenheit

der feyerlich = begangenen Vermählung

Ihrer Königl. Hoheiten

des Durchläuchtigsten

Erzherzogens Leopold

von Oesterreich

mit der

Durchläuchtigsten Infantin

D. Maria Louisa

von Bourbon

aufgeführt zu Inspruck

im Jahr 1765.

Die Schaubühne stellet vor einen Tempel des Jupiters, so wegen dem Hochzeitfest des Aeneas mit der Lavinia prächtig ausgezieret, und beleuchtet ist.

Erster Auftritt.

Aeneas erscheinet in dem Tempel, und läßt seiner Schutz-
gottheit verschiedene goldene Gefässe, und andere Kost-
barkeiten zum Opfer darreichen. Kaum hat er diese
heilige Handlung vollendet, als eine angenehm erthö-
nende Melodey dem trojanischen Helden ankündiget, daß die Göttin, seine Mutter sich gefallen lasse, vor seinen Augen zu erscheinen.

Zwey=

Zweyter Auftritt.

Und in der That läßt sich kurz darauf die Göttin Venus in Gesellschaft der Gratien, und der Liebe auf blau = und goldfärbi-
gen Wolken von der gestirnten Götterwohnung auf die Erde
herab. Sie hatte vorgesehen, daß Aeneas bald mit seinem förchter-
lichen Nebenbuhler, dem Rutulerkönig Turnus würde zu kämpfen
haben, und derohalben beschenket sie ihn mit jenen Waffen, welche
sie eigends für Aeneen selbst von der Hand des Vulcans hatte ver-
fertigen lassen. Aeneas wirft sich ganz von Ehrforcht durchdrun-
gen der Göttin, seiner Mutter zu Füssen; der Liebesgott bewafnet
seinen Arm mit einem Schild, die Gratien schmücken seine Stirne
mit einem glänzenden Helm, Venus selbst umgürtet seine Lenden
mit einem Schwerd, und da sie ihn zu gleicher Zeit mit jenem Lie-
benswürdig = und reitzenden Weesen begabet, so alleine vermögend
ist, alle Herzen zu bemeistern, füget sie seinem kriegerischen Ansehen
noch die göttliche Gabe hinzu zu reitzen und zu gefallen. Endlich
versichert ihn die Göttin eines gewissen Siegs, folgbar auch unend-
licher daraus zu entspringender Seeligkeiten, und ziehet mit ihrem
ganzen Gefolge wiederum ab.

Dritter Auftritt.

Latinus kommet in Gesellschaft seiner Tochter Lavinia, und einem
Gefolge seiniger Hofleute in den Tempel; und da er an deme
zu seyn glaubet, die von seinem Vatter Faunus ihme gemachte Weis-
sagungen erfüllet zu sehen, umarmet er Aeneen, welchen er bereits
als seinen Eidam betrachtet, und beschleuniget die Verbindung dieses Helden mit Lavinien, um andurch den Frieden, als das einzige
Ziel der allgemeinen Wünsche wieder herzustellen. Die Prinzeßin
gehorchet mit Freuden einem so angenehmen vätterlichen Befehl,
und da sie keinen würdigeren Bräutigam jemal hätte erwählen können, so schenket sie diesem Helden nebst der Hand auch ihr Herz.
Schon ergreiffet dieses zärtliche Brautpaar mit entzückten Regungen
die von dem Oberpriester ihnen dargereichte hochzeitliche Trinkschale,
schon nähret Aeneas unter heissen Schwüren zu denen Göttern
über seine Liebe, über seine Beständigkeit diese Trinkschale seinen
Lippen, als der Rutulerkönig Turnus betäubt, von der tollesten
Wut, so nur immer die grausamste Eifersucht anzufachen vermögend ist, sie unversehens überfallet, ihnen mit Ungestüm die Trink-

schä=

schale entreisset, dieselbe zu Boden wirft, und den Helden, in schmei=
chelhafter Hofnung ihn bald seiner Wut aufopfern zu können, zu
einen Zweykampf heraus forderet. Dieser unvermutete Zufall ver=
breitet um so mehr eine allgemeine Bestürzung, je frischer noch die
Verheerungen des kaum vollendeten so blutig = als grausamen Krie=
ges in der Gedächtnüß aller Anwesenden sind; Selbst Latinus schei=
net von einem sonderbahren Schröken, woran auch Lavina Theil
nihmt, befallen zu seyn, alles ist bestürzt, nur Aeneas behaltet auch
mitten in dieser betäubenden Verwirrung eine standhafte, und nur
denen Helden eigene Gemütsruhe, und zeiget seinem wüttenden Ne=
benbuhler mehr Verachtung als Zorn. Die zärtliche Lavinia suchet
inzwischen alles Mögliche herfür, um das frischer Dingen zu beförch=
tende Unglück abzuwenden, besonders aber den würdigen Gegen=
stand ihrer ganzen Zärtlichkeit von der Gefahr zu befreyen, die sei=
nem Scheittel drohet; Allein umsonst sind ihre Bemühungen, nichts
ist hinreichend die Wut des barbarischen Turnus zu besänftigen.
Aeneas ereifert sich endlich über seinen ungestümmen Feind, nihmt,
nachdeme er seiner zärtlichen Braut wieder Muth zugesprochen, die
von der Venus überkommene Waffen, bethätiget seinem wilden Ne=
benbuhler die Grösse seines Unwillens, und eilet mit ihm fort zum
Kämpfen.

Vierter Auftritt.

Latinus, Lavinia, und der Oberpriester bleiben zurück in dem
Tempel, um die Götter um Hülfe anzuflehen, damit sich selbe
mögen gefallen lassen, den Trojanischen Helden in ihren Schutz
zu nehmen, und ihn zur Befriedigung ihrer Wünsche als Sieger zu=
rücke kehren zu lassen.

Fünfter Auftritt.

Während daß sie noch immer wegen dem ungewissen Ausgang des
Streits in ängstlichem Zweifel stehen, und derowegen ihre
brünstigste Wünsche zu denen Göttern auffstehen, hören sie
gähling das festliche Zeichen des Sieges erthönen, und bald darauf
sehen sie den Helden mit der eroberten Beute von dem bereits über=
wundenen Feind einher ziehen. Venus selbst führet ihren Sieg=
prangenden Sohn auf, und nachdem sie den Latinus, die Lavinia,
und

und Aeneas einer glorreich- und dauerhaften Glückseligkeit versiche-
ret, ergreiffet sie die hochzeitliche Trinkschale, und überreichet sie
selbsten dem Brautpaar. Diese vereinigen sich unter so glücklichen
Aussichten, und verheissen der Venus, daß sie sich ohne Unterlaß
bestreben werden, mittelst einer neuen Dingen ihr angelobenden stäts
eifrigen Verehrung ihrer Gottheit, ihren Schutz zu verdienen, als
welcher allein in ihrem neu-erwählten Stande vermögend ist, ihre
Tage mit Glück und Wonne zu überströhmen. Die Hofleute des
Latinus, und die Kriegsgefährde des Aeneas bezeigen auch ihrer
Seits ihre innigste Freude über diese grosse Begebenheit, und beei-
fern sich um die Wette dieses Hochzeitfest mit einem feyerlichen Tanz,
als das Vorbild der öffentlichen Freude zu begehen.

Dieses ganze Tanzspiel ist von der sinnreichen Erfindung des Herrn Hilferding
von Wewern, Directorn der Maschinen, Mahlereyen, und Tänze.

Auftrettende Persohnen.

Latinus.	**Herr Binetti.**
Lavinia, dessen Tochter.	**Frau Santina Aubri.**
Aeneas.	**Herr Pique.**
Venus.	**Frau Binetti.**
Turnus.	**Herr Tranquart.**